U0127019

原 著　上海戏剧学院戏剧文学系编
剧专业一年级
编 绘　上海市黄浦区第一饮食公司

上 海 人 民 美 術 出 版 社

连环画文化魅力的断想
（代序）

2004年岁尾，以顾炳鑫先生绘制的连环画佳作《渡江侦察记》为代表的6种32开精装本问世后，迅速引起行家的关注和读者的厚爱，销售情况火爆，这一情景在寒冷冬季来临的日子里，像一团热火温暖着我们出版人的心。从表面上看，这次出书，出版社方面做了精心策划，图书制作精良和限量印刷也起到了一定的作用。但我体会这仍然是连环画的文化魅力影响着我们出版工作的结果。

连环画的文化魅力是什么？我们可能很难用一句话来解释。在新中国连环画发展过程中，人们过去最关心的现象是名家名作和它的阅读传播能力，很少去注意它已经形成的文化魅力。以我之见，连环画的魅力就在于它的大俗大雅的文化基础。今天当我们与连环画发展高峰期有了一定的时间距离时，就更清醒地认识到，连环画既是寻常百姓人家的阅读载体，又是中国绘画艺术殿堂中的一块瑰宝，把大俗的需求和大雅的创意如此和谐美妙地结合在一起，堪称文化上的“绝配”。来自民间，盛于社会，又汇入大江。我现在常把连环画的发展过程认定是一种民族大众文化形式的发展过程，也是一种真正“国粹”文化的形成过程。试想一下，当连环画爱好者和艺术大师们的心绪都沉浸在用线条、水墨以及色彩组成的一幅幅图画里，大家不分你我长幼地用相通语言在另一个天境里进行交流时，那是多么动人的场面。

今天，我们再一次体会到了这种欢悦气氛，我们出版工作者也为之触动了，连环画的文化魅力，将成为我们出版工作的精神支柱。我向所有读者表达我们的谢意时，也表示我们要继续做好我们的出版事业，让这种欢悦的气氛长驻人间。

感谢这么好的连环画！

感谢连环画的爱好者们！

上海人民美术出版社社长 李新

2005年1月6日

【内容提要】 延南合作食堂为了支援海港工地的建设，接下了赶做三百份饭菜的任务。食堂工人围绕三十斤变质的青鱼如何处理的问题，展开了思想交锋。新店员坚持放弃变质鱼赶做了新鲜饭菜送往工地，受到海港工人的赞扬。

（1）盛夏的一天上午，延南合作食堂早市营业刚结束，服员们又忙着淘米洗菜，赶做中午的饭菜。原来，他们刚刚接到党支部交下的任务：要给海港工地的义务劳动大军做二百份饭菜。

（2）店堂里最忙的当然要算是食堂负责人顾月英了：她一会儿关照这个师傅把菜刀磨磨快，一会儿帮助那个青年把炉子捅捅旺。待她看到一切准备工作都在令人满意地进行时，才往账台走去。

（3）她拿出算盘、账册，正要算账，熟食柜服务员小张半开玩笑地对她说：“顾师傅，这二百份饭菜可又为咱们店增加一点利润啦。哈……”顾月英微嗔地说：“你这个小鬼，增加利润还不是为国家多做点贡献！”

（4）这时，店门前来了一个女青年，二十三四岁年纪，肩上背着一只绿色的挎包。她就是食堂里的服务员、共产党员丁霞。大概是刚才走得匆忙的缘故吧，丁霞脸色通红，汗珠子不断地从额头上沁出来。

（5）顾月英看见丁霞，惊讶地问：“咦，你怎么来了？”她知道，丁霞昨晚去海港工地参加义务劳动，今天休息。看到丁霞满脸是汗，急忙拿条毛巾递给她：“快，擦把汗。你呀！是为二百份饭菜来的吧？”

（6）丁霞告诉顾月英：上午到海港工地参加义务劳动的大军超过了预计数目，要加做一百份饭菜。顾月英犹豫不决地看着丁霞说：“二百份饭菜的任务，我们接了，可现在再增加一百份，恐怕……”

（7）“困难是有的，我们想办法克服它。”丁霞深有感触地说，“昨天夜里，为了抢在大潮汛前建成一号泊位，义务劳动大军的同志们和海港工人顶风冒雨，一连在水里战斗了五六个小时，提前完成了施工任务……

（8）“今天早晨，大家敲锣打鼓向工地党委报喜的时候，每个人的脸上，分不清哪是雨水，哪是汗水，哪是激动的泪水……师傅，比比他们，想想自己，咱们这点儿困难，又算得了什么。”丁霞这番话，说得顾月英心里也热了起来。

（9）顾月英担心货源没法解决，丁霞说，可以到菜场去组织。顾月英却为难了：“老梁出去采购还没回来，店里抽不出人……”“我去吧。”丁霞说完，匆匆地走了。

（10）小张拿起丁霞留在桌上的挎包，觉得分量特别重，打开一看，里面有一只饭盒，装了一盒冷饭。原来丁霞到现在还没吃过早饭哩！他紧追出门，可哪儿还有丁霞的身影！

（11）顾月英在门口探望，看见江边大道上来了一辆三轮货车，踏车的正是他们食堂的采购员梁德鑫。

（12）顾月英喜出望外地说：“嗨呀，老梁，现在是鱼市淡季，你从哪儿弄来这一大批的？”梁德鑫一边擦汗，一边笑着说：“你大组长一句话，我可跑断了腿。”说着，拿出发票递给顾月英，“你先验收一下，签个字吧！”

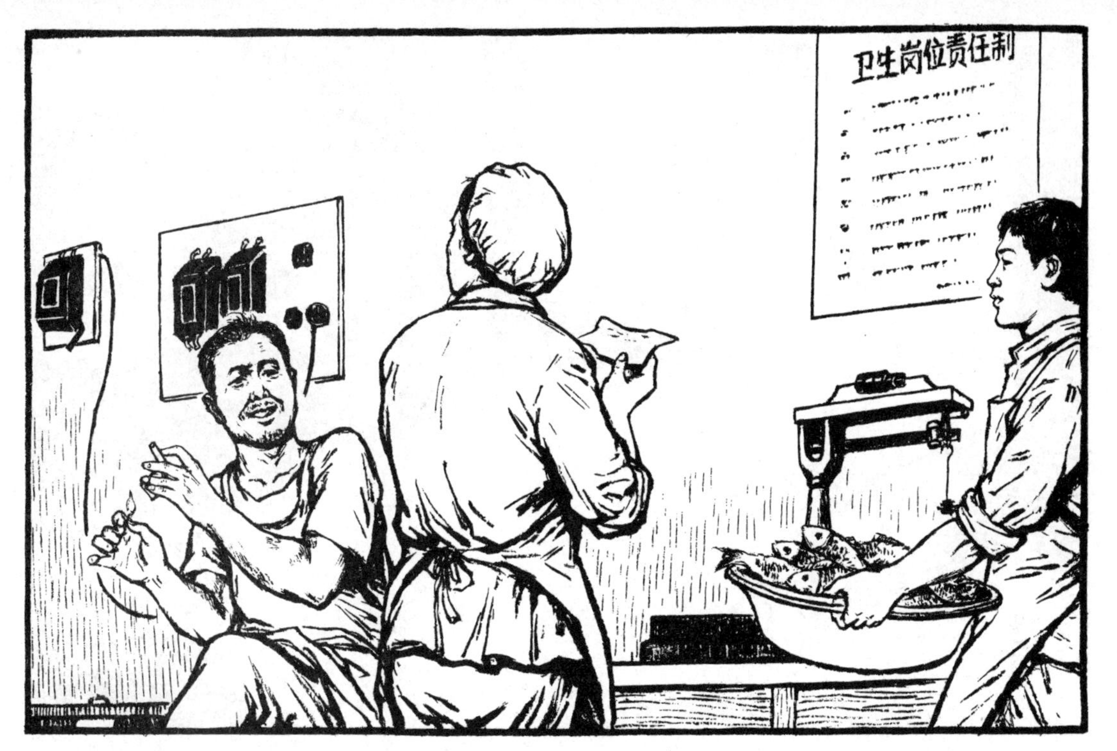

（13）顾月英进店把鱼过了磅，叫小张他们抬去洗一洗，转身问梁德鑫："嗳，这青鱼和其他鱼的价钱怎么没分档？"梁德鑫连忙说："开在一起了，算统货，咱们可占了便宜。"

（14）顾月英正要签字，小张拎着条青鱼走来说：“顾师傅，这条青鱼有一股味，怕是变质了吧？”顾月英不在意地答了句：“大热天的，人还有股汗酸味，别说鱼了，你快去洗吧！”小张反映说，不止一条，有好多鱼都坏了。

（15）顾月英走到厨房水池边一看，坏了的青鱼足有一小筐。她问梁德鑫是怎么回事，梁德鑫支支吾吾地搪塞着：“坏掉条把鱼总是有的，数量不多嘛。”“数量不多？”顾月英眉毛一挑，语气也重了，“不少呢！”

（16）梁德鑫知道瞒不过，便低声说："菜场老马要咱们帮忙捎带的。"顾月英说："老马这人做事也太不地道了，不行！马上拿去退掉。"梁德鑫愣住了："这……怕说不过去吧，咱们有困难的时候，人家也帮过忙，要互相协作嘛。"

（17）“这种鱼让我们怎么协作？”“人情留一线，今后好见面嘛。你忘了，咱们店生意好，毛利高，还不是亏了人家老马经常给咱们店热门货呀。”梁德鑫这么一说，顾月英心动了。她拿起钢笔在发票上签了字。

（18）顾月英关照厨房郑师傅把这些鱼全部做爆鱼。郑师傅不肯做，梁德鑫卷袖捋胳膊地对顾月英说：“他不干，我来干。”“好。”顾月英同意了，叫梁德鑫帮助拌作料，关照他多放点葱、姜、酒，说她亲自来做五香爆鱼。

（19）梁德鑫给鱼拌好作料，端起碗馄饨到店堂来。他把碗朝小张面前一推说："小张，你早上的那碗馄饨该吃了。""噢。"小张把买好的一根筹子扔给梁德鑫，坐下吃馄饨。

（20）小张忽然发现碗里还有只汤团，非常奇怪。梁德鑫朝他笑笑说：“这汤团是早市多下来的，扔了太可惜，反正不是你吃就是我吃。”

（21）“这……怕不太好吧！”小张迟疑地说。“有什么不好。你看人家理发店的职工理发花钱吗？浴室的服务员洗澡花钱吗？在咱们食堂里，还不是萝卜块掉在油锅里，你不想揩油也沾上了油腥味了。”梁德鑫摇头晃脑地说着。

（22）说话间，厨房里响起了顾月英的声音："老梁，快来，爆鱼做好了！"梁德鑫应了声，便和小张走了过去。煎好的爆鱼香味扑鼻，很是诱人。梁德鑫取过一块尝着，还掰一半给小张，连声称赞："好，好，顾师傅手艺真是高！"

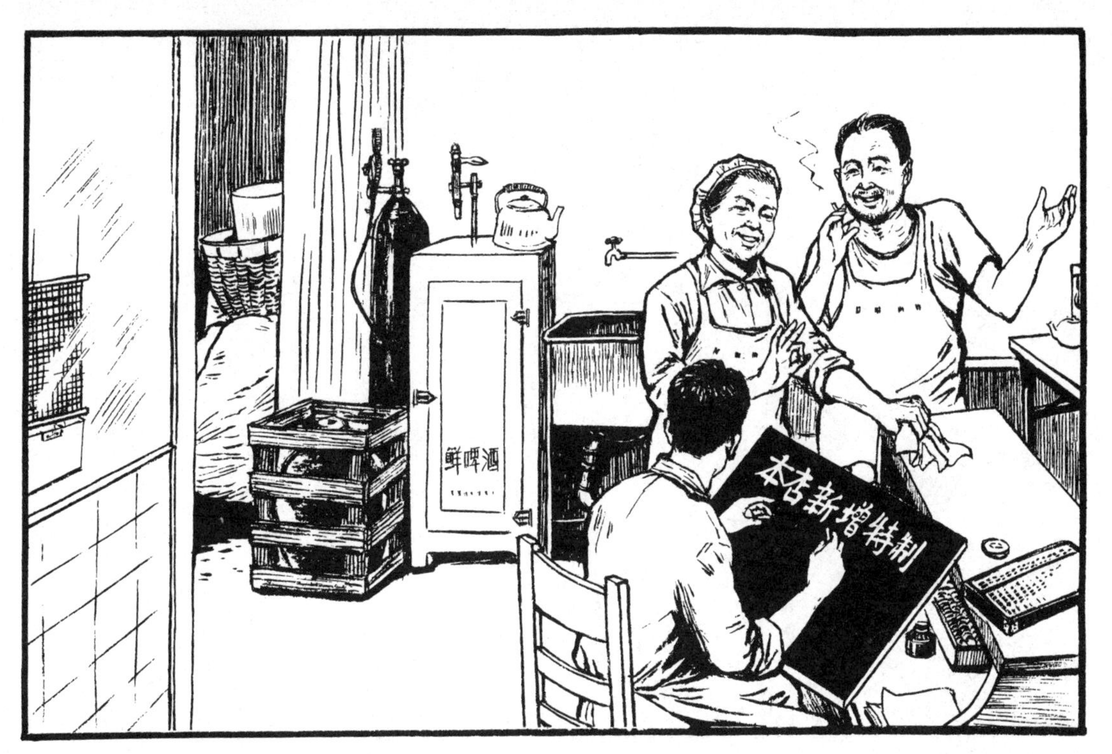

（23）顾月英叫小张把鱼搬到熟食柜，并嘱他在菜牌上写“本店新增特制重料五香爆鱼，每盆三角”几个字。小张问她为什么要写得那么好听，梁德鑫接口说：“做生意噱头要好，噱头好，买的人才多。”

（24）正在这时，丁霞满头大汗地踏着装菜的车子回来了。顾月英迎上去说：“菜都采购回来啦，好快呀。”丁霞擦了擦汗，说：“多亏菜场党支部的帮助，他们从仓库里拿出了鸡蛋、番茄，支援我们。”

（25）顾月英招呼梁德鑫一起把菜抬进厨房。小张随即给丁霞端来热好的饭盒。丁霞感激地接过饭盒，她的眼睛出神地看着墙上的菜牌，心想：这个菜名，写得好新奇啊！

（26）她从小张那里问询到这菜名的来由后，便对小张说：“我买一盆爆鱼。”“真的？”小张不相信地看了丁霞一眼，要知道，小张进店四个月，还没见丁霞在店里买过一样东西呢！

（27）小张迟疑地给丁霞装了一盆鱼，端到她面前。丁霞刚咬一口，便感到滋味不对头。她倒了杯开水，把鱼往里面一放，不一会，一股变质鱼的臭味就散发了出来。

（28）这时，顾月英端着捆葱走了过来。她将葱往桌上一摊，边拣边得意地说：“小丁，瞧这爆鱼……”“我已经尝过了。”“怎么样？”顾月英正等着几句称赞的话，不想丁霞递过泡着鱼的茶杯，放在她面前。

（29）顾月英拿起杯子，闻到一股臭鱼味，尴尬地说：“天热嘛，难免有些不新鲜。”丁霞认真地说：“师傅，这么热的天，战斗在生产第一线的劳动者身体消耗量多大呀，咱们把这种鱼卖出去，不是要出大毛病吗？”

（30）顾月英说，鱼经过高温油锅处理，可以卖的。丁霞指出，变质的食品无论怎样加工处理，卖出去都是不合适的。顾月英不高兴地问：“那你说怎么处理？”丁霞说：“我建议——报损。”

（31）“什么，扔掉？我不同意！”顾月英几乎要跳起来了，“好大的派头啊！真是不当家不知柴米贵。这鱼是花了国家的钱买来的！有三十斤哪，你就不想想店里这个月的毛利吗？”

（32）丁霞仰望远处的海港工地，激动地说：“师傅，咱们的眼睛不能老是盯着店里店里，你看这海港，多少人在参加义务劳动，大家只有一个心愿：快！快把石油运输码头造好，支援世界革命！

（33）“咱们是社会主义建设的后勤兵，如果我们做出的事情给前方打仗造成损失，这个后果你想过没有?!这笔账你算过没有?!”“人家菜场能卖出来，我们就不能卖出去？”顾月英抖了抖饭单说，“这鱼中午一定要卖的。”

（34）“你一定要卖，咱们就把这件事在班前会上让大伙都来评一评。”丁霞一步也不让。“评就评！”顾月英说完头也不回地走了。小张想起丁霞早饭还没吃，便对她说：“小丁师傅，你做得对。不过，你该吃饭了。”

（35）丁霞打开饭盒盖，看到盒里的饭用油炒过了。她问小张是谁搞的，小张说："我看炉子空着，梁师傅说，这油锅不用也是洗掉的，我就顺便……不过是加了一点点葱和盐嘛。"

（36）丁霞考虑了一下，便说：“这样吧，小张，我付加工费。”小张扑哧一声笑了起来：“这一点点东西，加起来还不到一分钱，付什么加工费？无所谓嘛。”

（37）“无所谓？”丁霞觉得小张这种想法不对，便问小张最近学习怎么样。小张说，他每天学习一小时。丁霞问：“毛主席关于辽西战役中战士遵守纪律，不吃群众一个苹果的那段教导你学习过吗？”小张说：“学过了。”

（38）丁霞说：“在辽西战役的时候，我们的战士在战火中冲，弹雨里闯，饿了，渴了，咬咬牙又挺过去了。老百姓的苹果抬头就是，可是他们连碰也不碰。为什么呢？”

（39）她接着说：“战士们自觉地认为：这是人民的苹果，不吃是很高尚的，吃了是很卑鄙的。现实的斗争也教育了我，那些被查出来的贪污盗窃分子，他们不就是从几个馄饨、半两面条开始走上犯罪道路的吗！”

（40）小张听了，这才大悟：“哎呀，我吃了只汤团！”他把刚才梁德鑫给他多加了一只汤团的事告诉丁霞。丁霞说：“一只汤团会塞住你的嘴，会腐蚀你的思想，使你从看不惯演变到习以为常。”

（41）小张不由一震：“啊，这不就是腐蚀吗?!”丁霞接着说：“梁德鑫是小业主，身上旧意识浓得很，我觉得他的行为很不正派，应该注意呀。”这时从二楼的办公室里传来了人们的议论声。两人中止了谈话，向二楼跑去。

（42）办公室里，班前会开得热闹非常。两种意见，争论不休，相持不下。丁霞和小张踏进门时，只见梁德鑫正手舞足蹈地嚷着："是应该评一评呀。我……"看到丁霞突然出现，他下半句话马上缩回去了。

（43）小张早已憋不住气了，他立在门口大声说：“不能卖！”“为什么？”顾月英板着脸问。旁边的老师傅有支持小张的，也有向他提出质疑的，一时间议论纷纷。

（44）小张朝四周看看，猛一跺脚：“少见的落后单位！”头也不回地下了扶梯，朝店门外走去。丁霞随即追了出去。大伙都被这突如其来的事情给闹懵了。

（45）丁霞追上了小张，两人在江堤边站下。小张沮丧地说：“小丁师傅，这种地方真叫人呆不下去！”丁霞思索着对小张说：“还得干下去。这就是利益的包围圈啊。”

（46）她跟小张说起自己四年前刚进店的情景："我刚从农场调到这里来时，也跟你一样，感到有些事就是这样奇怪：你买一碗豆浆，他多给你半勺；你买一根油条，他给你多炸点时间……你吃吗？吃了就上他的圈套了。

（47）“我看不惯，想不通，去找党支部书记老江，对她说：‘还是让我回农场捏锄头柄吧，这个地方我呆不下去了。’老江意味深长地说：‘就是这样的阵地，你要去改变它，我们是多么盼望你们进咱行业接好革命的班啊！’

（48）“在党支部的支持下，我们组织了马列学习小组，联系实际学习了《共产党宣言》、《国家与革命》，大家的心扉打开了，都表示要参加改变这种不良习气的战斗。”

（49）丁霞的一席话，说得小张心胸豁然开朗。他们决定马上回店，围绕这件事写篇小评论，让大伙都来抵制这种不良的经营思想。

（50）小评论稿写好后，他俩来到店堂里。小张看见熟食柜里的爆鱼不见了，惊奇地问：“咦，鱼呢？”梁德鑫嘻皮笑脸地说：“游走了呗！”原来他们刚才离开时，海港工人老李来取饭菜，梁德鑫把爆鱼卖给他了。

（51）丁霞责问梁德鑫为什么把变质的鱼买进来又卖出去，梁德鑫假惺惺地说：“我也想劝顾师傅跟你商量商量再做决定的……这鱼是有点不新鲜，可现在是鱼市淡季，买来也不容易啊。”

（52）“是啊，你买来是不容易，可要卖出去也没有那么容易吧？”丁霞一语双关地说。梁德鑫张大着嘴巴，好半天答不出话来。丁霞关照师傅们赶快把菜烧出来，随即匆匆地出了店门。

（53）小张在一旁怒气冲冲地对梁德鑫说：“我算把你看透了！”“看透什么？”“我今天才算看清了你见利忘义的一面！”小张冲进店堂，把菜牌上写的菜名抹了个一干二净。

（54）“哎……小张……”梁德鑫气恼地拉住小张叫着。小张厌恶地挣脱了梁德鑫的手，拿出五分硬币放在桌上，说：“还你汤团钱，你交给账台吧，以后少来‘关心’我！”说罢，气鼓鼓地跑进厨房。

（55）正在做菜的郑师傅对小张说：“小丁师傅说今天我们烧番茄炒鸡蛋，另加个冬瓜虾皮汤，中午要送工地的。小张，你快准备车子！”“知道啦——”小张应了声。

（56）一会，店门外传来黄鱼车的车铃声，小张一看，是丁霞回来了，忙迎了出去。顾月英也跟着出来，看见丁霞把卖出的鱼又追回来了，气恼地说：“小丁，你知道‘食品出柜，概不退换’吗？”

（57）丁霞说，变质的鱼就是不能出柜。顾月英说：“好，你既然追了回来，我就在店堂零售。”小张摘下菜牌，不让顾月英写，顾月英气得声音颤抖了：“你眼里还有没有我这个领导？”说着，伸手要夺回菜牌。

（58）小张一言不答，只是把菜牌抱得更紧了。丁霞说：“小张，把菜牌给她！”小张不解地朝丁霞看了看，把菜牌递了过去。丁霞拉了小张一把，说：“我们把小评论贴到店堂里，让它跟顾客见面。”

（59）一会，两人拿着一篇小评论稿走到水牌旁，往墙上一贴。顾月英凑上去一看，一行大字标题跳进眼帘：《从一盘爆鱼看不良经营思想》，不禁火起，叫道："我——这个负责人当不下去了，你们去搞吧。"说罢气呼呼在一旁坐下。

（60）这时，梁德鑫走进来，他看见小评论批判了“办事情看人头，做生产靠噱头”那句老古话，故作镇静咳嗽一声，轻轻念道：“……在咱们社会主义企业里，出现这种欺骗顾客的事情，岂非咄咄怪事?！这鱼背后的斗争还不发人深省吗?！”

（61）丁霞要梁德鑫谈谈他的看法，梁德鑫支吾着说：“我？今天的事……喔，出发点是好的。”“不对！”丁霞严肃地说，“有那么一些人，打着社会主义协作的旗号，害人利己，你说，他的出发点是好的吗？”

（62）丁霞继续驳斥："还有那么一些人，明里是为企业出力流汗，暗里是以次充好，大捞一把，你说，他的出发点也是好的吗？""深刻，深刻。"梁德鑫心慌意乱地附和着，狼狈地溜了出去。

（63）丁霞诚恳地对顾月英说，这小评论不是针对哪一个人，而是让顾客们一起来批判、抵制不良经营思想。她说："如果把变质的东西卖出去，损害顾客的健康，我们的企业不是成了坑害人民的商店了吗？"

（64）“难道我辛辛苦苦地工作是为了坑害人民？”顾月英几乎要跳起来了，“算了，丁霞，以后店里的事情你们看着怎么办就怎么办吧！”顾月英气得把帽子、饭单都扔到了桌上，拔腿就要走。

（65）“师傅！你离开了这社会主义的企业，还能走到哪里去?！”丁霞几句话就把顾月英问住了，“师傅，你忘了，党发出合作化的号召时，你第一个挑着馄饨担，兴高采烈地走进了这店堂！……今天你就这样离开这店堂吗？”

（66）“我老了！跟不上你们了！”顾月英慢慢地坐到椅子上。丁霞说：“师傅，两个月前你在猪肉汤里放咖喱粉当牛肉汤卖，当时同志们批评帮助了你。可今天你又干出这样的事来，师傅，这可是一个严重的问题啊！”

（67）丁霞恳切地对顾月英说：“多少年来不良的生意经对你的毒害实在是太深了！师傅，虽然你有时也感到这样做是不对的，但又为啥总舍不得扔掉这些东西呢？”“干脆点，一刀两断！”小张也急切地说。

（68）郑师傅目睹这一场争论，也走过来说：“老顾，咱们可不能再搞坑害百姓的那一套啊！”顾月英委屈地嚷道：“坑害百姓？我可是贫苦摊贩出身！”

（69）“往往有许多事情就是这样：从前你吃过它的苦头，恨过它，可今天又捧起它去对待我们的阶级弟兄。”丁霞耐心地启发着，“师傅，一只苍蝇的事情你是不会忘记的吧?！”

（70）丁霞给小张讲起顾师傅解放以前的遭遇：“那时，她在一家饭店里干活。有一次，顾客在菜里发现只苍蝇，要求调换。老板怕砸了店里的牌子，硬把苍蝇说成是油渣。为了使那人相信，竟逼着顾师傅当众把苍蝇吃下去。”

（71）小张问："顾师傅你怎么办呢？"丁霞接着回答说："就因为顾师傅不肯吃，被老板赶出了店门！""咳！旧社会，穷人谁没尝过这份苦哇！"郑师傅感慨地说，"老顾，咱今天可说啥也不能用老板的那套玩意儿来坑害自己人哪！"

（72）丁霞提醒顾月英说：“你那副馄饨担是挑进了社会主义企业，可人是不是走进社会主义道路上呢？”顾月英吃惊地反问：“难道我还是走岔了道？”丁霞直截了当地答道：“是啊，你想过没有？有人正在利用你大做文章呢！”

（73）郑师傅反映说，刚才梁德鑫在厨房里瞎哄哄，说什么丁霞今天这么一闹，往后大家都不好做事了！丁霞听了沉思着说：“他的用心是很明显的。刚才我追鱼回来时到菜场去过，他们说今天没卖过青鱼！”

（74）“他还能在这里面做手脚?!”顾月英一惊，连忙掏出那张发票说，“他买这鱼是有发票的呀……不过，今天这张发票也有点怪，好鱼坏鱼没分档，都是一个价钱。”

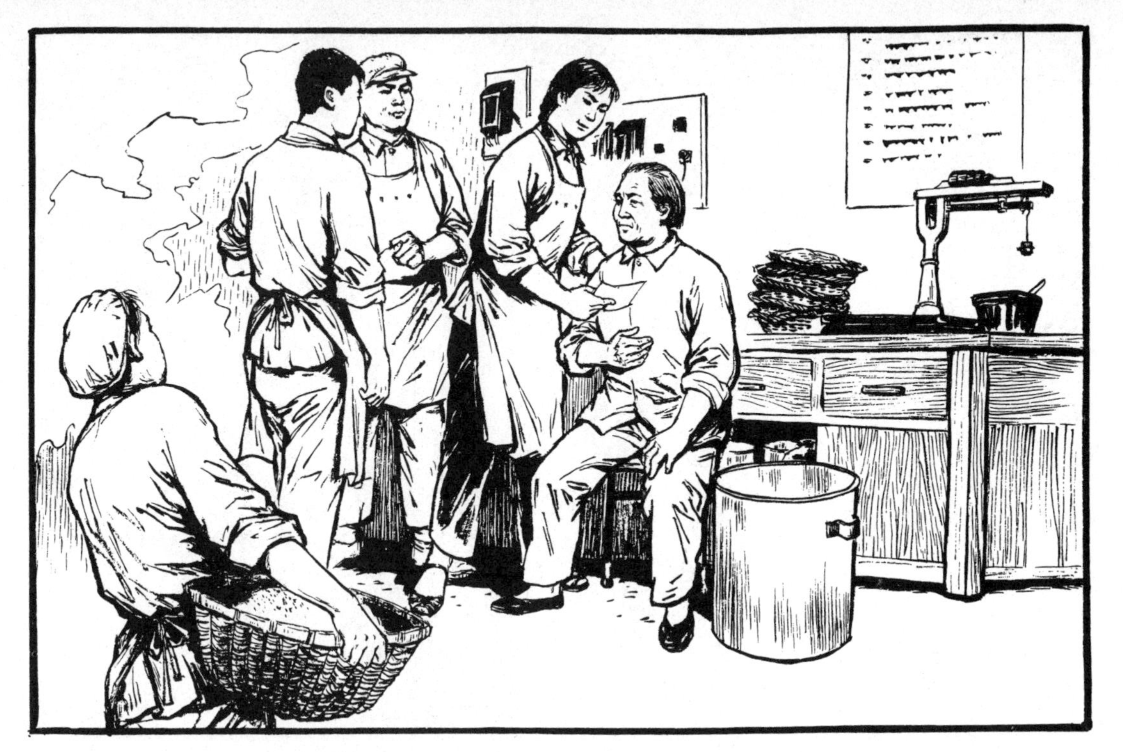

（75）小张问顾月英为什么不问问清楚，顾月英支吾着说："哎……这次帮他搞到鱼的老马，过去也帮过我的忙，面子上说不过去呀！"丁霞听了，一针见血地指出说："你看，梁德鑫正是吃准了你这一点，在为他自己开方便之门！"

（76）丁霞指着发票，说：“这里面很可能有鬼！我看应该拿这张发票到菜场去一次，查查它的存根，看他究竟搞了些什么花招！郑师傅，你说呢？”“好，我去跑一趟。”郑师傅接过发票，匆匆地走了。

（77）顾客英看着郑师傅远去的背影，半信半疑地自语道：“老梁这个人……”“你别老梁老梁的了！”小张厌烦地打断她的话，“他才是条大臭鱼呢。”

（78）正在这时，工地管理员老李兴冲冲地走了进来。他紧紧地握住了顾月英的手，热情地连连道谢。顾月英臊得脸上通红，一迭声地说：“不用谢！不用谢！”

（79）老李拿出一张大红纸，说：“这是咱们工地写给你们食堂的感谢信。”接着，他把大红纸递给顾月英，顾月英向丁霞送去了求援的目光：“这……我不能接，丁霞——”

（80）丁霞诚恳地对老李说：“我们的工作还存在许多问题，还有些矛盾没解决，刚才我们还在争论呢！”眼前的情景使顾月英心里更加明亮起来，她终于鼓起勇气说了句：“老李师傅，请你看看我们的小评论吧。”

（81）老李看完小评论，连连点头表示支持，可他还是把感谢信端端正正地贴到墙上，风趣地说："这，才是你们的大方向！"

（82）郑师傅回来告诉顾月英和丁霞，在菜场党支部帮助下，事情搞清楚了。梁德鑫的那张发票，开的是一百斤鱼，但存根上只有七十斤。菜场马金堂交代：这三十斤鱼是非法套购的，因没机会脱手，变质了，才卖给了食堂。

（83）丁霞要郑师傅把这问题向党支部汇报一下，让梁德鑫到党支部办公室交代问题，郑师傅应声“好”，走了。顾月英这时叹了一口气：“嗨！没想到让他们钻了空子！”

（84）顾月英深有感触地对丁霞说：“我快变成损公肥私行为的防空洞了！看来，我这种思想再不好好改造，是不能为社会主义服务了！”“师傅！”看到顾月英的转变，丁霞高兴地拉着她的手喊道。

（85）顾月英眺望着远方，对丁霞说：“让我跟老李师傅一起到工地去送饭吧！”“好！师傅，你应该去！”丁霞把帽子、饭单递给顾月英，“去感受感受我们伟大时代蓬勃向上的热烈气氛吧！”

（86）顾月英精神抖擞地走到了门口，极目四望。她看着那滔滔的江水，奔腾而去，是何等的壮美！再看看站立在自己面前的一代新店员，是何等的高大英武，焕发着青春的光彩！

图书在版编目（CIP）数据

新店员／上海市黄浦区第一饮食公司编绘．—上海：上海人民美术出版社，2013.6
ISBN 978-7-5322-8508-2

Ⅰ.①新… Ⅱ.①上… Ⅲ.①连环画—作品—中国—现代 Ⅳ.①J228.4

中国版本图书馆CIP数据核字（2013）第111149号

新店员

原　　著：上海戏剧学院戏剧文学系
　　　　　编剧专业一年级
编　　绘：上海市黄浦区第一饮食公司
责任编辑：康　健
出版发行：上海人民美術出版社
　　　　　（上海长乐路672弄33号）
印　　刷：上海中华商务联合印刷有限公司
开　　本：787×1092　1/32　3印张
版　　次：2013年7月第1版
印　　次：2013年7月第1次
印　　数：0001-3500
书　　号：ISBN 978-7-5322-8508-2
定　　价：28.00元

虽经多方努力，但直到本书付印之际，仍有部分作者尚未联系上。本社恳请这部分作者及其亲属见书后尽快来函来电，以便寄呈稿酬，并奉样书。